AF463911

PHILIPPIQUES

A

NAPOLÉON.

PHILIPPIQUES

A

NAPOLÉON.

Facit indignatio versum.

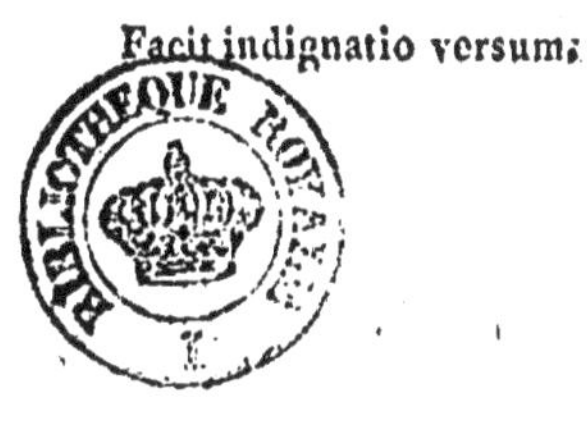

A PARIS,

Chez les Marchands de Nouveautés.

DE L'IMPRIMERIE DE A. BOBÉE, RUE SAINT-PAUL, N° 24

1815.

AVERTISSEMENT.

Ces Philippiques ont été composées en avril, mai et juin derniers, pendant le *règne* de l'usurpateur.

La première seule fut imprimée à Paris et distribuée dans les premiers jours de mai. Aucun Imprimeur ne crut devoir se charger des deux autres; on le concevra facilement.

Si la première n'eût pas été publiée, comme on pourrait penser qu'elles n'ont été composées que depuis la chute du tyran, elles resteraient toutes aujourd'hui ensevelies dans l'oubli qui les attend peut-être un peu plus tard; mais étant à l'abri de ce soupçon, l'auteur, poussé par un désir bien naturel à un père de produire ses enfans, et désirant surtout contribuer de tout son pouvoir à augmenter, aux yeux des étrangers, le nombre des bons Français, a cru devoir publier l'expression de ses sentimens à une époque où les papiers publics ne peuvent que donner une trompeuse idée de l'esprit qui règnait en France. Comme pièces historiques seulement, ces Philippiques peuvent présenter quelqu'intérêt.

Les lecteurs sont suppliés de se reporter aux tems où elles ont été composées. Quelques jugemens pourront paraître trop sévères, et le désir du retour de Louis XVIII bien tardivement exprimé ; mais ces Philippiques devaient être publiées alors, et l'auteur n'a pu que suivre la marche des opinions et celle des événemens : il s'est, depuis, scrupuleusement attaché à ne rien changer à ces opuscules, afin de leur laisser cette couleur si fugitive dans les révolutions, que ces malheureux tems impriment aux ouvrages qu'ils font naître, et que le moindre changement peut leur enlever.

PREMIÈRE

PHILIPPIQUE.

IMPRIMÉE EN AVRIL 1815.

BATTU par un affreux orage,
On a vu le pâtre égaré,
Sous un chêne au vaste feuillage,
Chercher un asile assuré.
Le pâtre, aux coups de la tempête,
Satisfait de cacher sa tête,
Plein de sécurité, s'endort.
Confiance aveugle ! la foudre
A ses pieds tombe, il est en poudre;
Son refuge a causé sa mort.

*

Ah ! puisse le courroux céleste
Te frapper aussi de ses feux !
Tu délaisses, arbre funeste,
Un suppliant, un malheureux !
Le bandit fuyant le supplice,
Pourra sous ton ombre propice
Trouver un effrayant repos :
Mais de l'amour le doux langage,
Les méditations du sage
Ne naîtront plus sous tes rameaux.

Ainsi, monstre né pour le crime,
Nous te renonçons à jamais ;
La France, long-tems ta victime,
Ouvre les yeux sur tes forfaits.
Toi qu'elle avait, dans sa détresse,
Choisi pour aider sa faiblesse
Contre d'injustes ennemis,
En se livrant sans défiance,
Libre du soin de sa défense
Que dans toi seul elle avait mis.

Qu'as-tu fait ? artisan d'intrigues,
Héros de manège impudent,
Chaque jour, à force de brigues,
Tu pris un nouvel ascendant.
Fier tour-à-tour et populaire,
Flattant chaque parti contraire,
Et les trahissant tous les deux,
D'un peuple généreux de braves,
Et d'une cour de vils esclaves,
Tu fis un mélange hideux.

Mais que de guerres inhumaines!
Irai-je en mes récits affreux,
De l'étranger fouillant les plaines,
Montrer nos ossemens poudreux!
De nos frères que tu moissonnes,
Te livrerai-je les couronnes
Que réclamaient leurs actions?
Et raconterai-je tes fuites,
Chaque fois que pour toi détruites,
Tu délaissais tes légions?

Sans cesse outrageant la nature,
Te peindrai-je dans tes desseins,
Tour-à-tour apostat, parjure,
Violant les droits les plus saints?
Dévoilerai-je à la lumière
Ta rage impie et meurtrière
Allant du peuple aux potentats,
Et donnant l'exemple funeste
Et du divorce et de l'inceste,
Et des lâches assassinats?

Honteux de ta propre naissance,
Trop bas pour te passer d'ayeux,
Par une orgueilleuse alliance
Tu crus t'ennoblir à nos yeux.
De prestiges tu t'environnes;
Ton front entasse des couronnes
Qui te font fléchir sous leur poids;
Et, pris dans tes propres entraves,
Tu fus le premier des esclaves
Courbés sous tes indignes lois.

De tes frères, dont on s'étonne
De voir les trônes infectés,
Le seul digne de la couronne
Rejette tes dons détestés.
Espérais-tu, par ta puissance,
Leur prêter cette intelligence
Que leur refusa l'Eternel?
Et toi-même pouvais-tu croire
Des grands rois effacer la gloire,
Quand tu n'es pas même un Cromwel?

Si tes fanatiques Séides
Nous vantaient des jours plus heureux,
Où, consultant de sages guides,
Tu nous paraissais moins affreux,
Je leur peindrais ton air farouche,
Quand bientôt, l'injure à la bouche;
Tu blâmais des soins superflus.
Ainsi voilant leurs caractères,
Et les Nérons et les Tibères
Ont commencé par des vertus.

Combien de ces dignes modèles
As-tu médité les horreurs?
Voilà les seuls guides fidèles
Qui t'inspirent dans tes fureurs!
Animé de leur barbarie,
Tu fis saccager l'Ibérie,
Tomber d'Enghien sous ton poignard;
Et comme eux d'une immense chaîne,
D'effroi, de vengeance et de haine,
Tu sus te former un rempart.

Intrépide et lâche faussaire,
Ton masque hideux est usé :
Par ta parole mensongère
On ne peut plus être abusé :
La vérité même en ta bouche
Prend un aspect douteux et louche ;
Et ton sourire méprisant
Ressemble à la féroce joie
Du tigre contemplant la proie
Qui va l'abreuver de son sang.

Et chaque Français est complice
De tes innombrales forfaits !
Mais de l'éternelle justice
Nous sentons déjà les effets.
Tristes artisans de tes crimes,
Nous ne comptons que des victimes
Chez tous nos voisins malheureux :
On a lassé leur patience,
Et nous laisserons leur vengeance
Pour héritage à nos neveux.

Du noble amour de la patrie
Tu fis avorter les doux fruits :
L'artisan, de son industrie
Te vit dévorer les produits :
D'un esprit de guerre animée,
L'enfance par toi comprimée
Ne rêva plus que les combats ;
Des muses troublant les asiles,
Nous voyons nos fils indociles
Porter l'attirail du trépas.

Tant que l'on ne put reconnaître
Sous nos drapeaux que des Français,
D'un chef audacieux et traître
Nous craignîmes peu les excès;
Mais corrompant chaque phalange,
Bientôt d'un monstrueux mélange
Nous vîmes nos rangs infestés
De Transalpins et de Sarmates,
Brigands sans aveu ni pénates,
Esclaves de tes volontés.

Par le chien commis à sa garde,
Voit-on le pâtre dévoré?
Monstre! de ton pays regarde
Le sein par tes mains déchiré.
Ta troupe errante et vagabonde
Lasse de dévaster le monde,
Embrâsant ses propres foyers,
Nous vomit la guerre civile:
Noble exploit d'un tyran habile!
Palme digne de tes lauriers!

O vous! soldats que la victoire
Entraîne encore sur ses pas,
Est-il donc le seul que la Gloire
Ait couronné dans les combats?
De ces travaux qu'il vous dérobe,
Eût-il épouvanté le globe,
S'il n'eût commandé des Français?
Sachez enfin mieux vous connaître,
Et rejettez un cruel maître
Qui n'est grand que par vos succès.

Avant lui nos braves cohortes,
Se couvrant d'immortels lauriers,
N'ont-elles pas ouvert les portes
A ses innombrables guerriers ?
Jamais, à défaut de vaillance,
Ont-elles au sein de la France
Laissé pénétrer l'étranger ?
Non ; c'est lui qui plein de démence,
Sut le braver dans sa puissance,
Le fuir à l'aspect du danger.

Irez-vous par mille bassesses
Solliciter ses vains honneurs ?
Disputerez-vous ses largesses
A tous ses avides flatteurs ?
Voyez sa personne entourée
De cette canaille dorée,
Vaine de gothiques ayeux,
De nobles, rebut de leur caste,
Vivant dans la joie et le faste,
Tandis que l'on combat pour eux.

Voilà ce sauveur de la France
Corrigé par l'adversité !
Eclairé par l'expérience,
Il ramène la liberté !
La liberté qui l'a fait naître,
Des mains parricides du traître
Reçut jadis des coups mortels ;
Et ce despote sanguinaire,
Qui de chaînes couvrit la terre,
Réhabilite ses autels !

Dans la terreur qui le possède,
Mendiant partout un appui,
Il appelle envain à son aide
Tous les partis autour de lui.
Au sceptre des rois il joint même
De Marat l'affreux diadème ;
Et ces humilians essais
Sont pour asservir sa patrie !....
Mais que dis-je ? une voix me crie :
Non, il ne fut jamais Français !

Et vous que l'Europe contemple,
Agens d'un tyran détesté,
Qui donnâtes jadis l'exemple
De l'amour de la liberté,
La haine de la tyrannie
Abandonnant votre génie,
Est-elle éteinte dans vos cœurs ?
Reconnaissez la voix chérie
D'une malheureuse patrie
Qui ne voit qu'en vous ses sauveurs.

Lorsque tout concourt à la perte
D'un pays par vous adoré,
Laisserez-vous la lice ouverte
Au tigre qui l'a déchiré ?
Hâtez-vous : en de sourds murmures,
On dit qu'à vous-mêmes parjures,
Par de faux honneurs éblouis,
Aux coups d'incertaines tempêtes
Vous vouliez soustraire vos têtes,
Et non sauver votre pays.

Quoi ! vous laisserez-vous confondre
Avec ce ramas de valets
A tous ordres prêts à répondre,
Et de leur maître vils jouets ?
De ces Montesquious inutiles,
De ces Bassanos imbéciles
Partagerez-vous les travers ?
D'un Regnault couvert d'infamie
Epousez-vous l'ignominie,
Aux regards de tout l'univers ?

Tandis que des voix sans courages,
Tyran, t'ont si long-tems vanté,
Tu recueillais dans mes ouvrages
Une affreuse immortalité.
Avant que ton règne finisse,
Je commencerai ton supplice
Dont je veux prolonger le cours ;
Et, bravant tes lois tyranniques,
De mes nouvelles Philippiques
J'abreuverai tes derniers jours.

SECONDE
PHILIPPIQUE.

Mai 1815.

Napoléon, je te rends grâce;
Ton génie a pris son essor.
Chaque jour le mal se surpasse
Pour chaque jour s'accroître encor.
Jalouse d'effrayer le monde,
Ta tête en crimes si féconde,
Fermente en ses pensers confus;
Et, pour enrichir ma matière,
Chaque jour se donnant carrière,
Me révèle un crime de plus.

Fuyant une mort glorieuse
Pour un exil avilissant,
Tu disais : « France, sois heureuse,
En cédant j'épargne ton sang. »
Dupe encor de cet artifice,
Le Français d'un tel sacrifice
Pouvait être reconnaissant ;
Mais quand ton affreuse présence
Rapporte la guerre à la France,
Est-ce pour épargner son sang ?

Déjà la France par ta fuite,
Oubliait ses longues douleurs :
Tu parais ; soudain à ta suite
Coulent et le sang et les pleurs.
Ranimant d'une main impie,
Des partis la flamme assoupie,
Par nos discordes raffermi,
Le frère à ta voix fuit son frère,
Le fils s'arme contre son père,
Et l'ami frappe son ami.

Au nombre des tyrans, l'histoire
Te promettait de te placer :
Ce n'est pas assez pour ta gloire,
Tu parviens à les surpasser.
Comme eux long-tems tu fis usage
De l'incendie et du pillage,
Du meurtre et de la trahison ;
Mais las d'un passe-tems vulgaire,
Sur un monarque, sur un père
Tu veux essayer le poison.

A défaut d'un droit légitime
Par tes fautes anéanti,
C'est parmi les suppôts du crime
Que tu recrutes ton parti.
De l'honneur la voix rassurante
Excite chez toi l'épouvante;
Et, libre en tes hideux penchans,
Tu cherches les secours du vice;
Du moins la crainte du supplice
Te répond du bras des méchans.

Je t'imagine dans ton Louvre,
Portant la vue autour de toi;
Chacun de tes traits me découvre
Et l'inquiétude et l'effroi.
Peux-tu mettre ta confiance
En tous ces guerriers sans vaillance,
Par toi dans le crime affermis,
Qui pour se racheter peut-être,
De nouveau trahissant leur maître,
Te vendront à tes ennemis?

Vois donc partout qui t'environne?
Dans ce ramas d'hommes perdus,
Dignes soutiens de ta couronne,
Combien compte-t-on de vertus?
Chacun d'eux rejetté du monde,
Se joignant à ta troupe immonde,
Se trouve à ta cause réduit;
Et, s'attachant à ta fortune,
Ils n'ont tous pour raison commune,
Que le mépris qui les poursuit.

Sans ce favorable repaire
Où le crime est enseveli,
Quel est le tripot sur la terre
Où Regnault serait recueilli ?
Dans les combats soldat timide,
Au conseil menteur intrépide,
Il met à l'encan son appui ;
Et, fier de ce commerce infâme,
Il vend même jusqu'à sa femme,
Qui pourtant se vend bien sans lui.

Et que deviendraient tes deux frères
Sans un refuge dans ta cour ?
Valets aujourd'hui, rois naguères
Ils pleurent leur trône d'un jour.
Rien dans leur sort ne les divise ;
Egaux tous les deux en sottise,
En ineptie, en lâcheté,
Ils ont su du moins, peu féroces,
Eviter tes forfaits atroces,
A l'abri de leur nullité.

Autour de toi, de ta famille
Si peu touchante en ses malheurs,
Vois-tu la troupe qui fourmille,
Oncle, mère, frères et sœurs ?
Ces grands seigneurs, ces rois, ces princes
Dépossédés de leurs provinces
A ta cour sont fiers de s'asseoir ;
Pour eux l'horreur est si profonde,
Qu'il n'est que ce lieu dans le monde,
Assez vil pour les recevoir.

Et quel est l'antre où s'accumule
Un foyer plus pernicieux?
J'y vois ce prince ridicule
S'il n'était point tant odieux;
Sans honte affichant le scandale,
De la débauche la plus sale
Premier pontife déclaré,
Lâche espion et juge inique,
Il lève encore un front cinique
Par le vice décoloré.

J'y vois cet homme inexplicable,
Douteux agent de tes décrets,
A tous les partis redoutable
Et maître adroit de tes secrets:
J'y reconnais son digne émule,
Lui, sur qui le Français crédule
Mit l'espoir de sa liberté,
Dont on attendait ton supplice,
Devant t'offrir en sacrifice
A son antique déité.

J'y vois un Maret insipide,
Qu'abaisse ou grandit ta faveur;
Un Caulaincourt, un parricide,
A ses propres yeux en horreur;
Un Savary, lâche sicaire,
Soldat nourri loin de la guerre,
Mouchard d'épaulettes orné;
Un Ney, pour combler la mesure,
Dont le nom pire que l'injure,
Est à l'opprobre abandonné.

Voilà tes conseillers serviles,
Voilà tes soutiens, tes amis !
Et c'est à des mains aussi viles
Que notre avenir est commis !
A l'intrigue, à la flatterie,
A la bassesse, ma patrie
Est donc vendue, et sans espoir !
Parmi ces méchans innombrables,
S'il s'en trouve de moins coupables,
Hélas, quel sera leur pouvoir ?

D'une mère en naissant privée,
Notre jeunesse sous tes lois,
Par un art perfide élevée,
Méconnait le plus saint des droits.
D'un lait pur à peine sevrée,
Sous les couleurs de ta livrée,
Soustraite au pouvoir paternel,
Elle brave en sa barbarie,
Sermens, bon droit, honneur, patrie,
Ses parens, le trône et l'autel.

Qui donc avilit notre armée ?
D'elle à nous brisant le lien,
Par qui fut-elle diffamée ?
Tyran ! et c'est notre soutien !
Par toi livrée à la licence,
A l'avarice, à l'ignorance,
Tu t'emparas de ses lauriers,
Et, digne effort de ton génie,
Tu sus, fondant ta tyrannie,
En brigands changer nos guerriers.

Leur gloire est une soif étrange
De pillage et de cruauté;
Leur repos, un affreux mélange
De débauche et d'oisiveté;
Prenant pour l'élan du courage
Une brutalité sauvage;
Sans cesse un besoin importun
Et d'or et de sang les surmonte,
Et c'est dans leurs rangs que l'on compte
Et les Saint-Clair et les Dautun.

Hélas! nos phalanges guerrières,
Soutiens du vieil honneur français,
Ont, dans tes guerres meurtrières,
De leur sang payé tes succès.
Restes glorieux de nos braves,
Brisez vos honteuses entraves,
Au Corse enlevez votre appui:
Bourreau de ses propres apôtres,
Ses succès ne sont que les vôtres,
Ses défaites ne sont qu'à lui.

Siècle perdu pour la jeunesse,
Quand termineras-tu ton cours?
Dans une insupportable ivresse
Le jeune homme compte ses jours.
Tant qu'un vif intérêt l'agite,
Sans peine soi-même il s'évite;
Mais en des tems moins malheureux,
Veut-il interroger son ame?
Loin qu'une noble ardeur l'enflamme,
Il n'y trouve qu'un vide affreux.

Eh quoi ! des jours si misérables
Se succéderaient à nos yeux ?
Nous serions long-tems si coupables,
Et nous pensons qu'il est des Dieux !
Non, non : le châtiment s'apprête ;
Le méchant va voir sur sa tête,
Tomber le prix de son délit :
La trompette sonne.... l'appelle.... ;
Et sur son trône qui chancelle,
Le tyran s'agite et pâlit !

TROISIÈME

PHILIPPIQUE.

JUIN 1815.

Le noble courroux de Minerve
Ne tourmente plus mes esprits;
Je sens se refroidir ma verve;
La haine a fait place au mépris.
On brave le pouvoir funeste
D'un scélérat que l'on déteste,
Aussi long-tems qu'il est debout;
Mais l'aspect d'un brigand infâme
Que déjà l'échafaud réclame,
N'inspire plus que le dégoût.

Voilà donc le but désirable
Où tendaient de si hauts projets !
L'éclat d'une mort déplorable
Réservée aux plus grands forfaits !
Mais lorsqu'indigne de ta gloire,
Tu voulus noircir ton histoire
Des complots d'un vil assassin,
Napoléon, tu dus t'attendre
A joindre aux palmes d'Alexandre,
Le fatal cordeau de Mandrin.

Près des héros que l'on contemple,
Quand tu pris place entre leurs rangs,
Imitas-tu le noble exemple
Qui leur valut le nom de grands ?
Plus qu'eux tous effroi de la terre,
Guerrier farouche et sanguinaire,
Tu n'avais rien de leurs vertus.
On n'égale point Alexandre
Pour avoir mis Thèbes en cendre,
Ou percé le sein de Clytus.

De ta honteuse vie avare,
Tu vois dans ton abjection,
Quelle distance te sépare
De cet ami d'Ephestion.
Il meurt ; mais il laisse en partage,
A ses soldats, pour héritage,
Les trônes qu'il avait fondés.
Les rois que tu formas toi-même,
Ainsi que toi, sans diadème,
Vivans, sont tous dépossédés.

Consul d'un peuple magnanime,
Peu satisfait d'un rang si beau,
Tu veux par un titre sublime,
Te donner un lustre nouveau.
Vanité d'une ame commune!
César content de sa fortune,
Sait mépriser de vains honneurs;
Et de ses destins seul arbitre,
Il rend son nom le plus beau titre
Dont héritent ses successeurs.

De ces héros inimitables
Impertinent imitateur,
Tu deviens de tes propres fables
Le plus crédule admirateur.
L'orgueil de ton cerveau malade
A toi-même te persuade
Que tu mérites des autels;
Et ta fougueuse extravagance
N'est qu'une heureuse confiance
Que tu tiens des Dieux immortels.

Par toi l'intrigue la plus basse
Fut une adroite activité:
L'impudence fut de l'audace;
L'insolence, de la fierté.
La bonne foi, l'honneur antique
Deviennent, sous ta politique,
Des travers qu'on ne connait plus;
Et créateur de ces maximes,
Tu voiles chacun de tes crimes
Du nom révéré des vertus.

Mais que la grandeur véritable,
Sur notre ame a de puissans droits !
Tandis que ta bouche coupable
Prodiguait l'injure à nos Rois,
Tu tentais avec maladresse,
D'unir leur royale noblesse
A leur touchante aménité.
On peut ravir un diadème,
Mais non la dignité suprême
Qui seule fait sa majesté.

Et des flatteurs avaient l'audace
D'admirer ces jeux révoltans,
Prodigués à la populace
Par le plus vil des charlatans !
Tes actions les plus étranges
Savaient mériter les louanges
De ces courtisans déhontés.
Ils vantaient jusqu'à ces outrages
Qu'un sexe né pour nos hommages,
Reçut de tes brutalités.

On vit tes aveugles Séïdes,
Soumis à chacun de tes vœux,
Périr, admirateurs stupides,
De ta grandeur qui venait d'eux ;
Et t'élevant par leur bassesse,
Ils te voyaient dans ta sagesse,
Comme maître de leurs destins :
Pareils à ces peuples barbares,
Obéissant aux dieux bizarres
Qu'ont façonnés leurs propres mains.

Eh bien, victimes déplorables
Des ruses d'un vil imposteur,
De ses desseins incomparables
Admirez-vous la profondeur?
Vanterez-vous de son génie
Cette prévoyance infinie
Qui règle le sort des Etats?
Et son habile politique,
Et sa merveilleuse tactique
Et sa valeur dans les combats?

Mais quelle rage désastreuse
Vous attache donc à son sort,
Quand par une fuite honteuse
Le *héros* évite la mort?
Vous espérez défendre encore
Un monstre que l'Europe abhorre
Et qu'attend le glaive des lois?
Non, non: la divine justice
Doit un éclatant sacrifice
A la sainte cause des rois!

Soumets-toi donc, troupe rebelle!
Abjure ta funeste erreur:
Les Rois épousent la querelle
D'un Roi qu'atteignit ta fureur.
Enfin leur tardive vengeance
Va remplacer cette clémence
Dont tu sus si mal profiter.
Un noble dépit les anime;
Et s'ils te jugent sur ton crime,
Que n'as-tu point à redouter?

Mais non : cette victime auguste
Du plus noir de tous les forfaits,
Louis, trop bon pour être juste,
Vient ainsi qu'un ange de paix.
Il parle : à sa voix efficace
Vous devez encor votre grace ;
Il est deux fois votre sauveur :
Français ! à ces illustres marques,
Reconnaissez de vos monarques,
Le seul, le digne successeur.

Il vient ; mais il est prêt à plaindre
Les erreurs d'un peuple chéri.
Eh, que peut-il nous faire craindre ?
N'est-il pas le fils de Henri ?
Rallions-nous à la couronne
D'un Roi que le destin nous donne,
Après de trop longues douleurs :
Notre peine lui fut commune ;
Il connut long-tems l'infortune,
Il aura pitié de nos pleurs.

www.ingramcontent.com/pod-product-compliance
Ingram Content Group UK Ltd.
Pitfield, Milton Keynes, MK11 3LW, UK
UKHW021038220726
13924UKWH00001B/386

9 782019 676100